livres et égaux

Des filles dans l'équipe

Sophie Dieuaide * Fred L.

talents hauts

Conception graphique : Laurence Ningre
Couverture et mise en page : Élodie Breda

ISSN : 1961-2001
ISBN : 978-2-36266-153-2
Loi n° 49-956 du 16 juillet 1949 sur les publications destinées à la jeunesse
Dépôt légal : avril 2016

1

Surprise !

– Aaaaaaaaah…

C'est Thomas qui a crié le premier.

– Aaaaaaaah… Ce n'est pas possible, m'sieur !

Il a poussé un long cri comme s'il avait vraiment très, très mal. Il s'est levé d'un bond en bousculant sa table. Tout a valsé : trousse, livres et cahiers.

– Non, ce n'est pas possible ! a répété Thomas. Y a une erreur. Vous avez mal lu, m'sieur ! Ils ne peuvent pas nous faire ça !

– Oh, si ! Ils peuvent..., a répondu le maître. La preuve...

Et il a affiché près du tableau le nouveau règlement du championnat de foot inter-écoles. Les garçons se sont précipités et, là, ils ont été plusieurs à crier.

Le championnat de football
inter-écoles des CE2
aura lieu le vendredi 14 juin.
Rendez-vous : stade Chéron
à 9 heures

Le championnat, ce n'était pas nouveau. Depuis longtemps, notre école y participait. Pour tous les garçons ou presque, c'était l'événement le plus important de l'année scolaire. Plus important que la fête de l'école. Plus important que la sortie de fin d'année. Encore plus important que les vacances.

Non, la surprise était en bas de la feuille, écrit en tout petit.

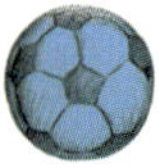

Chaque école pourra présenter plusieurs équipes de sept joueurs et deux remplaçants, mais chaque équipe comptera au minimum deux filles <u>en permanence</u> sur le terrain.

– Heureusement que ça tombe après la cantine, a dit Sid. C'est un truc à vous couper l'appétit. Des filles au foot ? Ils sont complètement dingues !

– Et puis quoi, encore ? Pourquoi pas jouer avec des…, a continué Thomas.

Mais il n'a pas terminé, peut-être parcc que moi, Chloé, je le regardais fixement.

Les garçons ont entouré le maître :

– Faut faire quelque chose, m'sieur ! Ils deviennent fous !

– Ils n'ont jamais vu de filles avec un ballon ou quoi ? s'est énervé Erwan. On dirait des… des…

Erwan aussi, je le regardais.

Monsieur Vétel faisait comme s'ils n'étaient pas tous autour de lui à s'agiter : il rangeait des feuilles déjà très bien empilées sur son bureau. Je n'en suis pas certaine mais, un instant, j'ai eu l'impression qu'il avait envie de rire.

– Faut protester, m'sieur ! On pourrait porter plainte, a dit Timothée. Je ne sais pas, moi… prendre un avocat !

Timothée a toujours des idées bizarres.

– Ce n'est pas à nous de contester le règlement, a dit le maître. Et je vous rappelle que vous devez composer votre équipe aujourd'hui. Je veux envoyer la liste ce soir.

Je me suis retournée. Khadija et Déborah semblaient très intéressées, mais Éva et Clarisse continuaient à comparer leurs collections de cartes Pokémon. Lucie et Anne-Lyse dessinaient des frises dans leur cahier de texte et d'autres se disputaient le tour de nourrir la lapine.

– Chloé ? Qu'est-ce que tu en penses ? m'a soufflé Aminata.

– J'en pense que je te verrais très bien dans les buts !

2

De vrais joueurs ?

Dans la cour non plus, le foot n'intéresse pas toutes mes copines. Il n'y a pas foule sur le terrain réservé aux filles, même si on y retrouve quelques amies de l'autre CE2. Oui, on a un terrain rien que pour nous. En fait, dans cette partie de la cour, il y en a trois : deux pour les garçons et le nôtre. Comme ils se croisent un peu, ça fait souvent des histoires.

C'est assez compliqué. Même moi qui suis là depuis le CP, je m'embrouille, alors j'ai dessiné un plan.

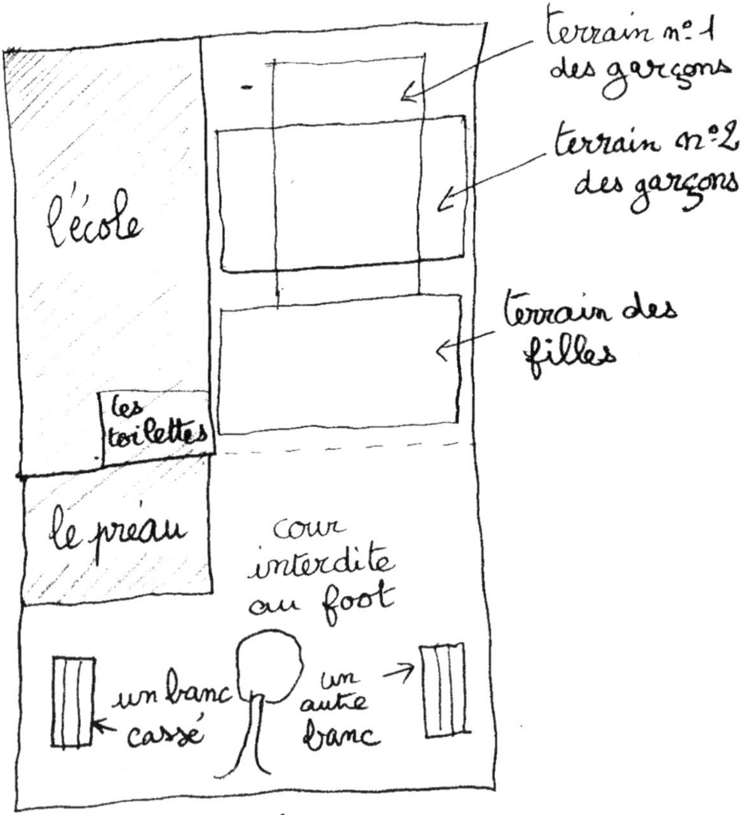

Je me doutais qu'il allait se passer des choses à la récré, l'ambiance était étrange. De loin, sous son arbre, le maître ne nous quittait pas des yeux. Dans un coin du terrain n° 1, les garçons discutaient assis par terre, les ballons à leurs pieds.

Moi, je ne sais pas pourquoi, j'avais une de ces formes !

On a commencé à échanger quelques balles sur notre terrain à nous.

Aminata était dans les buts, c'est-à-dire entre mon blouson et le pull de Khadija. Mais on n'était vraiment pas très concentrées, on ne pouvait pas s'empêcher de loucher sans cesse vers les garçons.

Soudain, j'ai vu Thomas se lever et les autres l'encourager.

– Allez, vas-y ! Va leur parler !

– Allez, faut bien que quelqu'un se dévoue ! a même crié Bacary.

En traînant les pieds, Thomas s'est approché de nous. Il se tortillait les mains, il a hésité et il nous a dit : « Salut ! »

C'était complètement idiot vu qu'on était ensemble depuis le matin mais, comme on est sympas, on a répondu : « Salut ! »

– Bon ! a-t-il commencé. Vous êtes au courant pour le nouveau règlement débile du championnat de foot ?

– Des filles dans l'équipe, tu trouves ça débile ?

On est sympas, mais il y a des limites.

– Oui, bon, faut des filles…

Déborah a ramassé le ballon, elle l'a calé sous son bras.

– Moi, je veux bien jouer avec vous, a-t-elle répondu.

– Moi aussi, a dit Khadija.

– Moi aussi !

– Moi aussi !

On était toutes d'accord.

– Oh là ! Minute ! a fait Thomas. Deux par équipe et une remplaçante s'il y a des dégâts, ça suffira. Déjà que ça nous oblige à éliminer des vrais joueurs…

Je l'ai regardé bien en face et je lui ai demandé :

– Qu'est-ce que tu appelles des *vrais* joueurs ?

Au même moment, Antoine est arrivé en renfort.

– Alors ? Qu'est-ce qu'elles disent ?

– Elles disent, ai-je répondu, qu'elles sont d'accord si on ne commence pas à les insulter.

Thomas a soupiré :

– Et voilà ! Je le savais que ça serait galère ! Et elles vont discuter, et elles vont se mêler de tout, et elles vont…

Là, Khadija ne voulait déjà plus jouer avec eux.

Antoine s'est rendu compte que Thomas n'était pas terrible comme négociateur. Il l'a poussé par les épaules hors de notre terrain et il est revenu en souriant d'un air pas très naturel.

– Oubliez ce que Thomas a dit, les filles… Je vous explique ! On a décidé de vous faire passer un test. Quelques dribbles, des tirs au but, et on choisira les trois meilleures. Faut pas le prendre mal, les filles, mais c'est notre honneur qui est en jeu. Vous ne pouvez pas comprendre !

Comme négociateur, il n'était pas terrible non plus. Presque aussi mauvais que Thomas. Là, c'est Déborah qui est partie.

Antoine s'est mis à nous tourner autour. Il regardait nos pieds et nos mollets, avec la même grimace que fait ma mère quand elle choisit un poulet.

– Il faut être sérieux, tu vois, a dit Antoine en s'approchant d'Ana, une copine de l'autre CE2. Toi, par exemple, on ne peut pas te prendre dans l'équipe avec tes cannes de piaf. Au premier tour, on risque de tomber sur ces brutes de l'école du Centre. Et là, le gros Maxime, il va te broyer les tibias avant la mi-temps !

Il aurait mieux fait de se taire : il ne restait plus qu'Aminata, Lisa, Morgane, Zoé et moi.

Et encore, j'ai hésité.

Ça ne me plaisait pas non plus que les garçons nous jugent. Et pourquoi pas une interrogation écrite sur les règles du football pendant qu'on y était ?

C'était énervant... Mais, le foot, j'adore. Alors, quand Antoine m'a tendu son ballon, un beau en cuir avec des coutures, je n'ai pas résisté.

J'ai vérifié les scratchs de mes baskets et j'ai foncé !

3

Une équipe de rêve

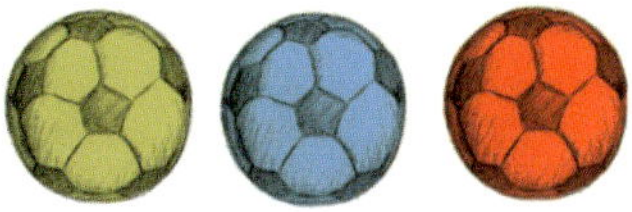

Aux tirs au but, Morgane et Zoé ont frisé l'égalité et, finalement, Lisa l'a emporté d'un shoot mortel dans la lucarne. Il faut dire qu'Erwan n'était pas excellent comme goal. D'ailleurs, je l'ai dit.

– Ça y est, ça commence…, a grincé Thomas. Je l'avais dit qu'elles se mêleraient de tout !

Mais comme Sid, Bacary et Timothée étaient d'accord avec moi, Erwan a été remplacé.

Pour les dribbles, Lisa nous a toutes clouées sur place, comme d'habitude. Ce test était vraiment inutile. Si les garçons nous avaient regardées jouer ne serait-ce que dix minutes depuis le début de l'année, ils ne nous auraient pas fait perdre tout ce temps. Surtout que du temps, on n'en avait plus. La fin de la récré venait de sonner.

– On est mal, on est mal, a dit Antoine.

Timothée est allé demander des prolongations à monsieur Vétel. Là, même de loin, je suis sûre de l'avoir vu rigoler avec le maître des CP.

– Dix minutes ! a crié Timothée. Il nous donne dix minutes de plus !

Ce n'était pas la peine de faire tout ce cinéma. Pas besoin d'être sélectionneur de l'équipe de France pour choisir parmi nous. Lisa, Morgane et surtout moi, on était les meilleures, un point c'est tout.

Et je l'ai dit aux garçons.

– Chloé, mais t'es pire qu'eux ! s'est exclamée Zoé. Ils t'ont contaminée ou quoi ? *Les meilleures* ! On ne parle jamais comme ça, nous...

Même Aminata, ma copine depuis la maternelle, m'a regardée durement.

La honte, ça monte d'un coup au visage. Je suis devenue écarlate. Les copines se sont levées et elles sont parties sans me regarder.

J'ai dû vite trouver quelque chose pour me rattraper. Et finalement, si ce n'est pas vrai que les filles jouent forcément mal au foot, ce n'est pas vrai non plus qu'elles sont rancunières.

Dix minutes plus tard, je suis allée discrètement voir monsieur Vétel à son bureau et il a accepté mon idée avec enthousiasme.

– Formidable, Chloé ! Je ne suis pas certain que les organisateurs du championnat aient envisagé les choses ainsi, mais je trouve ça très intéressant. Si tu permets, je me ferai un plaisir de l'annoncer…

Je suis retournée encore plus discrètement à ma place à côté d'Aminata. Elle m'a souri :

– Alors ?

– Il est d'accord !

Elle ne m'en voulait déjà plus du tout. Zoé, Lisa et Morgane non plus, depuis que je leur avais proposé de faire, avec Khadija, Déborah, Émeline et Maria, une équipe 100 % filles.

– Une équipe de filles ! a crié Timothée quand monsieur Vétel a expliqué notre projet à toute la classe.

– Mais on n'en aura plus pour la nôtre ! s'est lamenté Thomas qui n'est pas aussi mauvais en maths qu'on le dit. Elles ne peuvent pas nous faire ça !

– Oh, si..., a conclu le maître. L'école peut présenter plusieurs équipes. Et si le règlement précise un minimum de deux filles, vous voyez indiqué un maximum, vous ?

– Aaaaaaah...

Pour calmer les garçons, le maître leur a accordé jusqu'au lendemain pour rendre leur liste de joueurs. Mais ils ont mis un long moment à digérer la nouvelle.

Le jour du championnat, on allait peut-être prendre la piquette du siècle, perdre cinquante à zéro, avoir des bleus

partout et même pire si on rencontrait le gros Maxime de l'école du Centre. Mais tant pis !

Et même tant mieux ! Parce que, rien que pour voir ce que j'ai vu en sortant de l'école, ça valait le coup. C'était trop drôle de voir ces machos de Thomas et Antoine courir après Ana sur le trottoir.

Elle, elle avançait, le nez levé. Eux, ils sautillaient autour d'elle en lui souriant de toutes leurs dents.

– Allez…, lui répétait Antoine. Dis oui, Ana ! Accepte d'être dans notre équipe !

Et le mieux du mieux, c'est quand il a presque crié :

– Mais nooooon, Ana… Personne n'a dit que t'avais des cannes de piaf !

Le lendemain matin, les garçons ont annoncé qu'ils avaient réussi à composer leur équipe de championnat avec Ana et une de ses copines que je n'avais jamais vue avec un ballon.

Nous, on était déjà bien organisées. Aminata serait notre capitaine et les horaires d'entraînement étaient fixés :

toutes les récrés et minimum deux heures le samedi et le dimanche.

C'est pour choisir l'entraîneur que ça a failli faire des histoires. On en a même changé plusieurs fois. Zoé criait trop, Morgane n'avait pas assez d'autorité.

Finalement, on a décidé de s'en passer. Pas besoin de quelqu'un qui dit : « Cours ! » pour se mettre à courir. Pas besoin de quelqu'un qui dit : « En période de championnat, surveillez votre alimentation ! » pour savoir qu'il vaut mieux éviter de s'empiffrer de chips et de Coca la veille d'un match.

Alors, pendant quinze jours, on a beaucoup couru (pour le souffle surtout) et beaucoup slalomé entre nos blousons (pour la souplesse des articulations).

Le week-end, nous allions au stade municipal. La semaine, le maître était formidable, il allongeait les récréations.

Évidemment, l'équipe des garçons s'entraînait aussi. Certains, Thomas et Antoine en tête, ricanaient en nous regardant, mais on ne répondait rien, on était bien trop occupées.

J'avoue que c'était épuisant. Une ou deux fois, j'ai même été contente d'entendre le maître nous appeler pour retourner en classe. On dira ce qu'on voudra, le calcul mental est beaucoup moins fatigant que les tirs au but.

Je n'ai rien dit à mon équipe, même pas à Aminata, mais j'avais hâte d'être au 14 juin et de me reposer un peu.

4
Le championnat

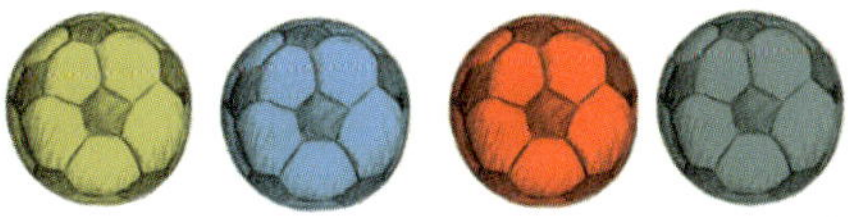

Enfin, le grand jour est arrivé !

Nous, on portait des maillots rouges sympas. L'équipe des garçons et leurs deux filles, des bleus assez moches.

Toutes les équipes de toutes les écoles se sont rassemblées pour le tirage au sort des premiers matchs.

– Je ne te souhaite pas bonne chance…, m'a soufflé Thomas.

Mais c'est lui qui n'en a pas eu.

– Oh, non ! a-t-il gémi quand le chef des arbitres a annoncé le résultat du tirage au sort. Pas eux ! Pas l'école du Centre !

Même moi, j'étais embêtée pour eux. C'était vraiment moche de s'entraîner autant pendant des semaines pour tomber au premier tour sur le gros Maxime.

Les jambes d'Ana ont tenu le coup, mais le score a été sans pitié. 11 à 2, c'est dur.

Je n'ai pas eu le temps d'aller les consoler, l'arbitre nous appelait pour notre première rencontre.

Notre maître dit toujours : « Surtout, soyez bons joueurs ! » Leur maîtresse à eux n'avait pas dû le leur répéter très souvent : les maillots blancs-shorts jaunes nous faisaient face, l'air mauvais.

– Ha, ha ! Une équipe de filles ! a même ricané leur capitaine. Encore heureux qu'elles ne jouent pas en jupe !

– Ne répondez pas, a chuchoté Aminata. Ne vous énervez pas

et concentrez-vous sur le match. Faites-les courir ! Faites circuler le ballon !

On a fait circuler.

Beaucoup.

On n'a même fait que ça pendant tout le match. On se renvoyait le ballon de l'une à l'autre comme si on n'avait pas d'adversaires. On dégageait en touche dès que ça chauffait pour nous.

Ce n'était peut-être pas très élégant comme jeu, mais au moins on ne prenait pas de but.

À deux minutes du coup de sifflet final, le gardien de leur équipe a perdu son calme :

– M'sieur l'arbitre, dites quelque chose ! Elles ne tentent rien ! C'est nul ! C'est de l'anti-jeu !

– Eh, le ramolli ! lui a crié des gradins une voix que j'ai reconnue aussitôt. Si tu veux de l'action, tu n'as qu'à foncer aider tes petits copains en attaque !

Je me suis retournée. Thomas était là avec tous les autres : Bacary, Erwan, Sid, Antoine et Timothée.

Alors, le gardien maillot blanc-short jaune, vexé, a commis l'erreur fatale.

– Un peu que je vais y aller ! a-t-il crié.

– Reste dans tes buts, andouille ! lui a hurlé son capitaine.

Trop tard.

Faut pas relâcher son attention quand ma copine Lisa est dans la surface de réparation. Un dribble en douceur, un petit coup à gauche pour tromper l'adversaire et... paf ! extérieur du droit !

Évidemment, 1-0, ce n’est pas énorme. Mais grâce à nous, notre école a passé le premier tour.

D’accord, elle n’a pas passé le second, mais l’honneur était sauf. L’honneur de toute l’école ! Les filles et moi, on l’a vraiment ressenti quand nos supporteurs ont envahi le terrain pour nous féliciter.

Sid et Antoine portaient Lisa en triomphe et Thomas criait comme un fou :

– C’est les filles de notre école ! C’est les nôtres ! Victoire ! Victoire ! C’est les nôtres !

– Non mais tu l’entends, lui ? ai-je grogné à Aminata. Les *nôtres*… Les *nôtres*… On n’est pas ses choses.

– Tu as raison, Chloé, m’a répondu ma capitaine. Un jour, il faudra qu’on lui explique, à lui et aux autres, qu’on en a marre d’entendre des trucs comme ça !

Mais tout le monde s’embrassait, tout le monde se félicitait, ce n’était pas le bon moment pour en discuter.

Et il y avait au moins un truc que les garçons ne diraient plus jamais, c’est : « Les filles sont nulles en foot ! » C’est sûr, sinon Thomas et Bacary ne seraient pas revenus vers Aminata et moi en nous demandant avec des yeux vraiment suppliants :

– S'il vous plaît, les filles, soyez sympas, Lisa ne veut rien nous expliquer ! Allez… Son petit dribble avant le but ? On n'a pas eu le temps de voir ! Allez… s'il vous plaît… Dites-nous : comment elle fait ça ?

YEAAHH !

Table des matières

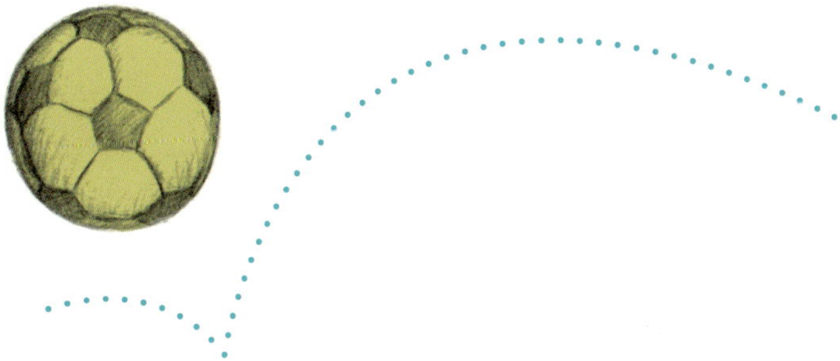

Lecteurs débutants

Un copain de plus

Agnès Laroche * Ill. Philippe Bucamp

Robert, le petit agneau blanc, n'a pas le droit de jouer avec Olga, la petite brebis noire.

Elle a dit NON !

Hélène Leroy * Ill. Sylvie Serprix

Au temps de la Préhistoire, un homme tape sur sa femme. Un jour, elle se met debout en tremblant et dit juste : NON !

Bienvenue, Mona qui sait où elle va

Thierry Lenain * Ill. Félix Larive

Gloria et ses camarades accueillent une nouvelle élève dans la classe de madame Colibri : Mona, qui vit en famille d'accueil.

Bienvenue, Franky au grand sourire

Thierry Lenain * Ill. Félix Larive

Franky a une particularité : il est atteint d'une maladie rare qui le contraint à rester couché dans un lit d'hôpital, même en classe. Toute la classe décide de l'accueillir.

Lecteurs intermédiaires

Ma mère est un hamster

Agnès de Lestrade * Ill. Fanny Denisse

Catastrophe ! La nouvelle voisine de Bahia est une sorcière, et elle a transformé sa mère… en hamster !

Une place dans la cour

Gaël Aymon * Ill. Caroline Modeste

Au lieu de jouer au foot avec la bande de Boris, dit « Balourd-tout-court », Ulysse, le nouveau, s'invite dans la bande des filles.

Bons lecteurs

Mauvaise pioche

Élisabeth Brami * Ill. KMie

Dans la famille Klein, il y a Hannah (la prem's), Louna (la deuz'), Milenia (la troiz') et... Elsa, la petite dernière. Dans son carnet secret, elle vide son sac.

Gloire, paillettes et Malabar

David Guyon * Ill. KMie

Léanne s'apprête à vivre le rêve de sa vie : poser pour une publicité. Mais la séance photo ne se passera pas tout à fait comme prévu...

Achevé d'imprimer en République tchèque par PBtisk